Doussot

Les sacrements Poème

1818

Y+

LES

SACREMENS,

POËME,

DÉDIÉ

AUX ÉLÈVES DES SÉMINAIRES ET DES COLLÉGES.

Par M. l'Abbé DOUSSOT,

PROFESSEUR ÉMÉRITE DE L'UNIVERSITÉ.

❖◗❖◗❖◗❖◗❖

A CAHORS,

CHEZ PLESSIS, LIBRAIRE;

Et A PARIS,

CHEZ LECLERE, IMPRIMEUR-LIBRAIRE;

Quai des Augustins, n.º 35.

———————

A CAHORS, DE L'IMPRIMERIE DE COMBARIEU.

1818.

AVERTISSEMENT.

Les Sacremens du Poussin sont justement admirés des connaisseurs. Un jour que j'examinais ces intéressans tableaux, je me dis à moi-même : pourquoi la Poésie ne s'est-elle pas encore exercée sur des sujets d'élite que la Peinture a traités avec tant de succès ? Comment la lyre des Racine, des Rousseau, des Pompignan, des Bernis, à qui nous sommes redevables de tant de chants sublimes sur la Religion et la morale, est-elle restée muette à l'aspect d'une matière aussi riche que variée, qui offre à l'esprit une galerie de tableaux susceptibles de tous les charmes de la versification ? C'est à cet enthousiasme du vrai beau qu'est due la composition de ce Poëme, faible esquisse du dessin majestueux qui attend le crayon d'un grand maître.

On ne lit plus de vers : on est devenu indifférent et même insensible au charme du plus beau des arts. Nos révolutions ont désenchanté la vie ; les ames ne s'ouvrent plus qu'à des goûts frivoles ou à des discussions politiques et financières.

Quels auspices peu favorables à la publication d'un Poëme religieux ! Aussi ne l'adressé-je qu'aux ames pieuses qui, vivement affectées de la décadence de la Foi et des mœurs parmi nous, cherchent leur consolation dans l'exercice des vertus chrétiennes.

Ah ! plus on méconnaît cette divine loi,
Plus je sens augmenter mon amour et ma Foi.
Chaque jour à genoux je lis ces pages saintes
Que de son propre sang le Rédempteur a teintes.
Son esprit y respire, et c'est là que j'apprends
A maîtriser mon cœur, à régler ses penchans ;
Et que dans le plaisir, comme dans la souffrance,
Je puise tour-à-tour le calme et l'espérance !

LES

SACREMENS,

POËME.

CHANT PREMIER.

LE BAPTÊME.

Trop long-tems le jouet d'une indigne faiblesse,
J'ai prodigué l'encens aux Nymphes du Permesse,
Et nourri dans mon cœur un amour insensé ;
Mais d'un culte frivole enfin désabusé,
Je consacre à Dieu seul et mes vers et mes veilles ;
De sa religion je chante les merveilles :
J'oserai retracer ses fêtes, ses concerts,
Ses oracles, ses lois, et les bienfaits divers
Qu'avec tant d'appareil et de magnificence,
Autour de ses autels son amour nous dispense.

A

Toi , qui pour célébrer cette Fille du Ciel ;
Offris à sa grandeur un ouvrage immortel ,
Racine ! heureux rival de ton illustre père !
Souffre que sur tes pas j'entre dans la carrière ;
Où tu fis éclater le zèle et les talens ;
Eclaire mon esprit, anime mes accens.
Jadis , au nom des lois , des mœurs et du génie ;
Ta Muse foudroya l'Incrédule et l'Impie ,
Et leur fit abjurer ce système outrageant
Qui change l'Homme en brute et le rend au néant :
Et moi de la ferveur déplorant la ruine ,
Je veux la rappeler à sa sainte origine ,
Dérouler le tableau de la religion ,
Et parlant à son cœur , bien plus qu'à sa raison ;
Enseigner au Chrétien tout ce qu'a droit d'attendre
De ses enfans chéris une mère si tendre !

Sublime en sa structure et brillant de splendeur ;
Le Monde était sorti des mains du Créateur.
Que manquait-il encore à sa magnificence ?
Un être intelligent , digne par son essence
D'admirer et l'auteur et l'ouvrage à la fois :
L'Homme fut donc créé ; Dieu lui donna des lois ,
Mais des lois de douceur, dont la sage influence
Assurait à jamais sa paisible existence.
Compagne de ses pas , une jeune beauté
Ajoutait à l'éclat de sa félicité.
Impassible , immortel, il régnait sur la terre ;
Tout flattait ses désirs, et la nature entière

Reconnaissait en lui le chef-d'œuvre des cieux :
ADAM enfin n'était, hélas ! que trop heureux !
O fatal souvenir !..... Un instant de faiblesse,
Un mouvement d'orgueil égara sa sagesse,
Et le précipita, du faîte des grandeurs,
Dans un état affreux : la misère, les pleurs,
L'ignorance et la mort deviennent son partage.
Proscrit, tremblant, il cherche un asile sauvage,
Où, tout à ses remords, et loin d'un DIEU vengeur,
Il puisse ensevelir sa honte et sa douleur.
Encore s'il n'avait, en ce désordre extrême,
En pleurant son destin, qu'à pleurer sur lui-même;
S'il pouvait désarmer le céleste courroux,
En dévouant sa tête et s'offrant à ses coups...
Mais, pour combler ses maux, d'une tige infidèle
Naîtront des rejetons aussi coupables qu'elle ;
L'arrêt en est porté : ses malheureux enfans,
Héritiers de son sort, esclaves de leurs sens,
Ouvrent à peine, hélas ! les yeux à la lumière,
Qu'ils partagent déjà le crime de leur père.
L'orgueil, la volupté, le mensonge, l'erreur
Egarent à la fois leur esprit et leur cœur ;
Et plus le genre humain s'étend, se multiplie,
Plus un instinct fatal, une aveugle furie
Augmente le désordre et la corruption :
Triste et funeste effet de sa proscription !

Est-ce donc là, grand Dieu! l'homme, ce bel ouvrage,
Animé de ton souffle et fait à ton image?

Oh ! combien le malheur défigure ses traits!..?
Mais quoique d'anathème il fut digne à jamais ,
Tu promis d'abréger le tems de son supplice.
Que ta clémence enfin succède à ta justice !
Hâte-toi d'envoyer ce Pontife éternel ,
Chargé des intérêts de la Terre et du Ciel ;
Ce Sauveur désiré dont la présence auguste
Absoudra le pécheur , couronnera le juste,
Et conquérant des cœurs à force de bienfaits,
Fera régner par-tout la justice et la paix.

Oui, tels étaient les vœux, les ferventes prières
Qu'adressaient en silence au vrai Dieu de leurs pères,
Ces justes qui fuyant, en tous tems, en tous lieux, .
De la séduction l'exemple dangereux,
Et bénissant la main qui frappait des rebelles,
A son culte, à sa loi restaient toujours fidèles,
Et qui, dans la retraite et le recueillement,
Hâtaient par leurs soupirs ce grand événement.

Ce Dieu daigne écouter le cri de l'innocence.
Sous les traits d'un mortel le Verbe , son essence,
Se dévoue ici-bas au salut des pécheurs :
Il vient du Monde entier changer les lois, les mœurs.
Mais quoique sa présence enfante des miracles,
L'Enfer à son courage oppose mille obstacles.
Pour consommer sa course et sceller ses travaux,
Il faut que sur la Croix son sang coule à grands flots.
Ce sang de l'Homme-Dieu, jaillissant sur la terre,
Lui rend en l'épurant sa dignité première :

La Croix a tout soumis; les Rois même à ses pieds
S'honorent d'abaisser leurs fronts humiliés ;
Et l'Église dès-lors triomphante , tranquille ,
Dans son sein aux mortels ouvre un heureux asile.
Qu'il est doux d'observer les effets éclatans
Qu'opèrent sur les cœurs ses divers Sacremens !
Et que j'aime à chanter cette vive tendresse
Qui, pour leur salut prie , agit, veille sans cesse,
Signale leur naissance , entoure leur berceau ,
Et les protège encore au-delà du tombeau !

Avant que du Sauveur la clémence infinie
Rouvrit pour des ingrats les sources de la vie ;
Il voulut, Souverain et Sujet à-la-fois
Se soumettre lui-même à ses austères lois.
Quel spectacle étonnant ! celui dont la puissance
De tant d'être divers conduit la chaîne immense ,
Dépouillé de sa gloire et de sa majesté ,
Vit d'un travail grossier et dans l'obscurité !
On le voit supporter , sans plainte , sans murmure,
La douleur , le besoin , le mépris et l'injure !

Animé cependant d'une intrépide ardeur ,
Le plus grand des humains , son digne précurseur,
JEAN , du fond du désert , d'une voix prophétique,
Préparait les esprits au règne évangélique,
Appelait les pécheurs et leur tendait les bras!
Une foule pieuse accourait sur ses pas ,
Et de sa vie austère , humble , laborieuse,
Racontant en tous lieux l'histoire merveilleuse,

Étonnait la Judée.... Un prodige plus grand
Va rendre à ses vertus un hommage éclatant!

Des rives du Jourdain, le fils de Zacharie
Voit vers lui tout-à-coup s'avancer le MESSIE.
La beauté de ses traits, son port majestueux;
Ce feu vif et perçant qui jaillit de ses yeux,
Tout annonce, tout peint la grandeur de son être;
Et le saint Précurseur a reconnu son maître.
Il tombe à ses genoux et proclame son nom :
Mais quelle est sa surprise et son émotion,
En voyant devant lui la sagesse suprême,
Le visage incliné, demander le Baptême !
Il ne peut concevoir un tel abaissement ;
Il ose résister à son empressement....
Contrainte enfin d'agir, la main du Solitaire
Puise dans le Jourdain une onde salutaire,
Que sur sa tête auguste elle verse en tremblant...
Le fleuve sous leurs pas tressaillit à l'instant !
De mille cris joyeux ses rives retentirent ;
La terre y répondit, et les Cieux s'entrouvrirent !
Pour consacrer ce jour et signaler ce lieu,
L'Esprit Saint descendit embraser l'Homme-Dieu ;
Et la voix du Très-Haut, du milieu de la nue,
Roulant avec éclat dans la vaste étendue,
Fit entendre ces mots aux spectateurs ravis:
Écoutez-le, Mortels ! C'est mon fils, mon cher fils !

Du premier Sacrement admirons l'origine;
Admirons ces moyens que la bonté divine

A daigné ménager à l'homme criminel ;
Pour épurer son cœur, l'élever jusqu'au Ciel ;
Et lui rendre à jamais l'avenir désirable !
Partisan d'une loi dont le fardeau l'accable ;
En vain le Juif encore y fonde son appui ;
Tout est renouvelé, tout est changé pour lui :
Ce n'est plus par des vœux, ni le sang des victimes
Que le coupable obtient le pardon de ses crimes ;
Une foi véritable et quelques gouttes d'eau
Opèrent à l'instant ce prodige nouveau.

L'enfant à peine est né, que la cloche fidèle
Aux Chrétiens d'alentour en transmet la nouvelle ;
Tous les cœurs sont émus : on consacre ce jour
A la reconnaissance, à la joie, à l'amour.
Parens, amis, voisins, tout accourt, tout s'empresse
De porter au berceau son tribut d'allégresse.
La maison retentit du nom du nouveau-né
Qui, de fleurs, de festons pompeusement orné,
Et précédé des vœux d'une suite nombreuse
Qu'à chaque pas grossit la foule curieuse,
A la porte du Temple en triomphe est porté.
Un Prêtre, à cet aspect saintement agité,
Se présente et s'écrie : « Avant que j'introduise
« L'enfant qu'avec transport vous offrez à l'Église,
« Jurez tous, en son nom, que, docile à sa voix,
« Il maintiendra son culte, observera ses lois,
« Et que, pour conserver la grâce du Baptême,
« Il saura triompher du monde et de lui-même :

« Tel est l'engagement que contracte un Chrétien »
Ces accens pleins de feu, son regard, son maintien
Portent dans tous les cœurs une émotion sainte :
On dirait que le Dieu qui règne en cette enceinte,
Pour relever l'éclat de la solennité
Imprime à son Ministre un air de majesté.
Chacun, saisi, l'écoute, et compare peut-être
Ce qu'il est, ce qu'il fut, avec ce qu'il doit être.
Tel parut autrefois, en un jour solennel,
Le sage conducteur des Tribus d'Israël,
Quand au feu des éclairs, aux éclats du tonnerre,
Au nom du Dieu des Dieux il parlait à la terre,
Et répandait au loin un salutaire effroi.

Contente cependant des preuves de leur foi,
L'Église fait ouvrir la piscine sacrée ;
Au jeune néophyte elle en permet l'entrée.
Précédé de flambeaux, le cortége pieux
Le place sur les fonts, en invoquant les Cieux.
Le Ministre aussitôt, d'une main révérée,
Sur son front, par trois fois, verse l'eau consacrée,
Qui, d'un être coupable et proscrit en naissant,
Par un effet subit forme un être innocent,
Digne ainsi de prétendre au céleste héritage.
De ce bonheur futur quel plus illustre gage
Que son nom consigné dans ce livre immortel
Que l'Église dépose aux pieds de l'Éternel,
Où sans distinction de rang et de fortune,
Sont inscrits les enfans d'une mère commune ?

Voulez-vous couronner ce sublime tableau ?
Suivons encor l'enfant qu'on reporte au berceau,
Ou plutôt sur le sein d'une mère attendrie,
Qui, malgré sa faiblesse, en secret recueillie,
Attendait sur sa couche, avec empressement,
Que son front fût marqué du sceau du Sacrement.
C'est un époux rempli d'espérance et d'ivresse,
Qui remet en ses mains l'objet de leur tendresse.
Comment peindre sa joie et son ravissement!
Fière de posséder à son tour son enfant,
Elle cherche, elle admire et ses traits et ses charmes;
Elle couvre son front de baisers et de larmes:
Mais la Foi qui l'élève au-dessus de ses sens,
Ouvre bientôt son ame à d'autres sentimens.

« Il luit enfin, dit-elle, il luit ce jour prospère
« Où je puis, où je dois m'applaudir d'être mère!
« Enfant régénéré, sois toujours à mes yeux
« Digne d'un nom si cher, d'un rang si glorieux!
« Ah! si trompant un jour mes vœux, ma vigilance,
« Tu devais, ô mon fils! flétrir ton innocence;
« J'en atteste le Ciel, oh! que plutôt la mort
« T'enlève à mon amour et termine ton sort!
« Mais non...., j'ose espérer qu'à tes devoirs fidèle,
« Des enfans vertueux tu seras le modèle;
« Que par la piété, les mœurs et les talens,
« Tu serviras ton Dieu, ton pays, tes parens.
« Puisses-tu croître ainsi, cher enfant! et quand l'âge
« D'une saine raison te permettra l'usage,

B

« Avec quel vif transport , ta mère tous les ans ;

« Vers les Fonts Baptismaux , témoins de tes sermens,

« Dirigera tes pas au jour de ta naissance ,

« Pour y renouveler ta première alliance ,

« Et préparer ainsi ton cœur reconnaissant

« Aux dons de l'Esprit Saint, au second Sacrement ! »

FIN DU PREMIER CHANT.

LES SACREMENS,

POËME.

CHANT SECOND.

LA CONFIRMATION.

Quand, sortant de sa tombe en prodiges féconde,
Et vainqueur de la Mort, de l'Enfer et du Monde,
Le Christ voulut enfin aller reprendre au Ciel
Ses divers attributs sur son trône éternel,
Et terminer ainsi la pénible carrière
Qu'illustrèrent trente ans d'exil et de misère,
Il vit avec douleur ses Disciples chéris,
Incertains de leur sort, alarmés, attendris.
« Quel trouble, leur dit-il, d'une voix consolante,
« Altère de nouveau votre Foi chancelante ?
« Pourquoi de mon départ redouter le moment ?
« Ne suis-je pas toujours avec vous quoiqu'absent ?
« Je ne remonte aux Cieux qu'afin que de ses flammes
« L'Esprit consolateur venant remplir vos ames,

« Vous fasse résister aux complots inouis

« Que trament avec art vos divers ennemis;

« De cet esprit d'amour, de force et de lumière

« Dépendra le succès de votre ministère.

« Qu'un espoir si certain calme donc vos regrets

« Et dispose vos cœurs au plus grand des bienfaits.

« C'est dans Jérusalem, si chère à ma tendresse,

« Que bientôt vous verrez s'accomplir ma promesse.

« Allez, et qu'en tout lieu ma paix soit avec vous! »

Les Disciples émus tombent à ses genoux :
Mais soudain l'Homme-Dieu, s'élevant dans la nue,
Aussi prompt que l'éclair disparaît à leur vue...
Affligés, mais soumis à cet ordre divin,
Ils courent au Cénacle attendre leur destin.
Quel prodige inoui ! dans ce lieu solitaire,
Consacré par leur Maître au jeûne, à la prière,
L'Esprit vivifiant va répandre sur eux
Le feu de son amour et ses dons merveilleux !
Leur ame est préparée à sa douce influence.
Un grand bruit tout-à-coup annonce sa présence :
Le Cénacle s'ébranle et des langues de feu
Voltigeant tour-à-tour dans cet auguste lieu,
Forment de ces élus une race nouvelle,
Digne, par son savoir, son courage et son zèle,
D'annoncer l'Evangile à cent peuples divers,
D'abolir les faux Dieux, de changer l'Univers.

Si de l'antiquité j'interroge l'histoire,
Que je vois de grandeur, de génie et de gloire!

Le Nil fait admirer sur ses bords si vántés,
Ses dômes orgueilleux, ses canaux, ses cités ;
Babylone, ses murs et ses jardins magiques ;
Athènes, son pyrée et ses vastes portiques ;
Olympe, ses héros, ses cirques et ses jeux ;
Delphes, son Apollon et ses trésors fameux ;
Rhodes, son fier colosse affrontant les tempêtes ;
Rome, les riches fruits de ses vastes conquêtes ;
Et Solyme, ce Temple où David tant de fois
Proclama le vrai Dieu qui fait régner les Rois :
Mais aux yeux du Chrétien, ce modeste Cénacle
Que l'Esprit Saint remplit, offre un plus grand spectacle,
Un plus noble intérêt que tant de monumens,
Des siècles et des arts chefs-d'œuvres imposans.
C'est de la Charité le digne sanctuaire ;
Que dis-je ? c'est le Ciel descendu sur la Terre,
Pour donner à l'Église, en cet illustre jour,
Le gage solennel d'un éternel amour....
Ces Disciples grossiers, ignorans et timides,
Deviennent tout-à-coup des mortels intrépides
Qui, bravant sans hauteur, l'orgueil des nations
Et l'horrible appareil des persécutions,
Font déjà retentir un sublime langage,
Et dans la Synagogue et dans l'Aréopage ;
Combattent les erreurs, éclairent les esprits,
Attirent à leurs pieds les pécheurs endurcis ;
Qui, blâmant le plaisir, le faste, la vengeance,
Prêchent la pauvreté, la douceur, la clémence,

Et qui, dans les transports de leur zèle divin,
Vont chercher le trépas, l'Évangile à la main.

    Parmi tous ces Héros qui ne distingue Pierre ;
Ce Disciple étonnant dont la chute naguère
N'avait, hélas ! que trop affligé le Sauveur ?....
Mais depuis devenu son digne successeur,
Ciel ! avec quel transport, quel feu, quelle éloquence,
Sa voix démontre aux Juifs sa divine existence !
Et comme pour toucher et leurs cœurs et leurs sens,
Il joint à ses discours des signes éclatans !
D'un céleste pouvoir sacré dépositaire,
Il semble commander à la nature entière ;
Et si de ses succès un témoin trop fameux
Prétend à son caprice assujettir les Cieux ;
S'il ose pour jouir du plus saint privilége,
Etaler à ses yeux un métal sacrilége ;
Transporté tout-à-coup d'une noble fureur,
L'Apôtre pousse un cri de scandale et d'horreur,
Et pour mieux signaler son impudence extrême,
Il foule aux pieds son or et lui dit anathème !...
Bientôt nous le verrons ailleurs portant ses pas,
Se signaler encor par d'illustres combats,
Conquérir à la fois la Grèce, l'Italie,
Et martyr, couronner ses travaux et sa vie.

    Oui, tels étaient alors sur les cœurs vertueux
Des dons de l'Esprit Saint les effets précieux.
O touchant souvenir ! trop heureux le fidèle
Qui, dans ces premiers jours de ferveur et de zèle,

Vit de l'ancienne loi le flambeau pâlissant
Se ranimer aux feux de cet astre éclatant !
Et plus heureux encor ces mortels magnanimes
Que Dieu daigna choisir , en ses desseins sublimes,
Pour former à jamais cette auguste cité
Qu'embellissent *la Foi, l'Espoir, la Charité* !

Cet âge d'or n'est plus , et maintenant la Grâce
Fait sentir aux humains sa faveur efficace,
Sans bruit , sans appareil ; tous ses dons néanmoins
Doivent être l'objet de nos vœux , de nos soins,
Et plus ces dons sacrés aux yeux sont invisibles ,
Plus une ardente Foi doit les rendre sensibles.
L'Église nous invite à les bien mériter ,
Et l'humaine faiblesse à les solliciter.

Quoique régénéré par l'effet du Baptême ,
Et rentré dans ses droits, l'Homme porte en lui-même
Le germe malheureux de la corruption ,
Il ne peut maîtriser son cœur ni sa raison ;
Il veut et n'agit pas , il avance, il s'arrête,
Et chez lui le succès prépare la défaite.
Ses regards qui devraient s'élever vers les Cieux ,
Il les abaisse autour d'un monde dangereux.
Souvent la volupté , savante enchanteresse ,
Cherche à plonger ses sens dans une douce ivresse:
L'ambition l'appelle, et , d'un bras vigoureux,
Sur une mer féconde en naufrages fameux,
Vers les biens , les honneurs, et le pousse et l'entraîne,
Tantôt son ame s'ouvre aux fureurs de la haine:

Il est grand, il est fier dans la prospérité;
Et lâche, quand il lutte avec l'adversité;
Tantôt d'indignes goûts épuisent ses richesses,
Et le pauvre n'est plus l'objet de ses largesses.
Au-dehors, au-dedans, tout s'arme contre lui,
Et sans l'Esprit Divin, sa force, son appui,
Il finirait, hélas! sa pénible existence
Égaré, criminel, et dans l'impénitence.

Mais fixons nos regards et contemplons enfin
Comme l'Église exerce un pouvoir souverain!
Une foule d'enfans par la fête attirée,
Entre, en grand appareil, dans l'enceinte sacrée.
La beauté, la fraîcheur anime tous leurs traits;
Une pudeur aimable ajoute à tant d'attraits:
Tous tiennent à la main, en signe d'alliance,
Un tissu de lin blanc, symbole d'innocence.
Leurs grâces, leur maintien, leur foi, leur piété,
Sont les vrais ornemens de la solennité;
Et si pour l'embellir, une voix douce et tendre
D'un cantique sacré fait tout-à-coup entendre
Les sons harmonieux, avec quelle ferveur
Chacun d'eux y répond et chante son bonheur!
On croit, en les voyant, voir un chœur de ces Anges
Occupés par Dieu même à chanter ses louanges.

De l'airain cependant le son religieux
A déja rassemblé tout le peuple en ces lieux.
Le Pontife, entouré de ses nombreux Lévites,
Récite à haute voix les prières prescrites,

Et plein de l'Esprit Saint qu'il invoque sur eux,
Adresse ce discours à ces enfans pieux :

« Quand, au gré de nos vœux, votre ame enfin commence
« Par un effet sensible à sortir de l'enfance,
« C'est alors , mes enfans , que la religion
« Doit diriger en vous l'essor de la raison ,
« Et vous faire chérir le culte de vos pères,
« En vous initiant à ses divins mystères.
« Aussi viens-je en son nom , Pontife vigilant ;
« Marquer vos fronts du sceau du Second Sacrement,
« Qui de l'Homme avec Dieu resserre l'alliance ;
« Oui, je viens vous instruire et vous armer d'avance
« Pour les divers combats que l'Esprit Tentateur
« Va bientôt jour et nuit livrer à votre cœur.
« Habile à soulever les passions humaines,
« Sa bouche soufflera tous leurs feux dans vos veines,
« En flattant vos penchans, irritant vos désirs
« Par l'image du monde et l'attrait des plaisirs ;
« Mais afin d'éluder ses atteintes funestes ,
« Rappelez vos esprits aux vérités célestes.
« Eclairés par la Grâce et forts de son appui ;
« En combattant pour Dieu, vous vaincrez avec lui.
« Approchez de l'autel: vous savez que l'enfance
« Fut toujours de ses soins et de sa complaisance
« L'objet intéressant. » Il dit , et vers les Cieux
Il élève en silence et son cœur et ses yeux ,
Invoque l'Esprit Saint sur le groupe angélique,
Et du crême sacré marquant leur front pudique,

Les bénit tour-à-tour, leur impose les mains ;
Et sur eux de l'Eglise accomplit les destins.

FIN DU SECOND CHANT.

LES SACREMENS,

POËME.

CHANT TROISIÈME.

L'EUCHARISTIE.

Pour prouver aux humains sa céleste puissance,
Que de fois le Sauveur avait, en leur présence,
Changé les élémens, animé les tombeaux,
Soulagé l'infortune et guéri tous les maux !
Que manquait-il encore à ses vœux, à sa gloire ?
De laisser un bienfait d'éternelle mémoire,
Un prodige inoui de puissance et d'amour,
Qui, pour nous, sur l'autel s'opérât chaque jour ;
L'Eucharistie enfin, ce mystère ineffable,
Qui de son corps sacré, de son sang adorable,
Nourrit le vrai Chrétien et fait servir son cœur
De temple à l'Eternel, de trône au Créateur !
   La raison cherche en vain à sonder ce mystère ;
Quand le Ciel a parlé, la raison doit se taire.

Celui qui d'un seul mot a créé l'Univers,
Animé la nature et tant d'êtres divers,
Ne peut-il pas, au gré de sa vaste puissance,
Changer une substance en une autre substance?
S'abaisser jusqu'à l'Homme, et pour le rendre heureux,
Faire rivaliser la Terre avec les Cieux?

Sur cet Autel propice où sa vive tendresse,
Victime des humains, leur prodigue sans cesse,
Dans un sacré banquet, un céleste aliment,
L'œil ne peut discerner ce prodige étonnant:
Mais guidé par la Foi, je perce le nuage,
Et malgré de mes sens l'imposant témoignage,
O surprise! ô bonheur! j'y découvre, en tremblant,
Le Dieu qui fit sortir le monde du néant,
Qu'on vit dans Bethléem commencer la carrière,
Qu'il termina depuis sur la Croix du Calvaire;
Qui, sorti du tombeau, glorieux, triomphant,
Est assis dans le Ciel sur un trône éclatant;
Qui, dans tout l'appareil de sa gloire terrible,
Doit venir exercer sa justice inflexible,
Et des siècles détruits consommer les destins.
Je vois autour de lui ces nombreux Séraphins,
Tout rayonnans de gloire, et cette foule d'Anges,
Qui, sur des harpes d'or, célébrant ses louanges,
Répètent à l'envi, dans leurs divins concerts:
Honneur au Roi des Rois, au Dieu de l'Univers!

Mais du fond de l'Autel quels sons se font entendre?
Ah! c'est du Rédempteur la voix sublime et tendre,

« O vous qui gémissez sous le poids du malheur,
« Jetez-vous dans les bras du Dieu consolateur !
« Venez à moi, dit-il ; je sécherai vos larmes,
« Soulagerai vos maux, bannirai vos alarmes :
« Pour prix de mon amour, donnez-moi votre cœur »

Mais qui pourra prétendre à l'insigne faveur
D'être admis au festin du père de famille ?
C'est vous, jeunes Chrétiens, vous d'abord en qui brille
La fleur de l'innocence en son premier éclat ;
Pour conserver votre ame en cet heureux état,
Le pain des Forts vous offre un moyen efficace :
En lui sont renfermés tous les dons de la Grâce :
Venez donc, avec joie, avec avidité,
Vous abreuver des eaux de l'immortalité !
Approchez-vous aussi, Chrétiens qui d'âge en âge
Conservez de la Foi l'ineffable héritage,
Qui de la sainte Eglise enfans toujours soumis,
Et du corps du Seigneur discernant tout le prix,
Aimez, en prévenant ses ordres salutaires,
A rallumer votre ame au feu de ses mystères ;
Aux pieds des saints Autels, venez, accourez tous :
Le Dieu de charité va se donner à vous.
Vous êtes de l'Eglise et l'honneur et l'exemple ;
Le Monde vous admire, et le Ciel vous contemple.

Mais que l'homme pervers s'éloigne de ce lieu,
Où sa présence impure outragerait son Dieu ;
Qu'au moins dans son désordre une trop juste crainte
L'empêche de franchir la redoutable enceinte,

Jusqu'à ce que son cœur, touché de repentir ;
Sache enfin sur lui-même et pleurer et gémir,
Et que reconnaissant son crime et sa misère,
Il vienne l'abjurer aux genoux de son père.

Pourquoi faut-il, hélas ! qu'au joyeux sentiment
Qu'inspire au vrai Fidèle un si grand Sacrement,
Se joigne tout-à-coup une idée accablante ?
Que de nombreux Chrétiens dont la foi chancelante
Sommeille lâchement dans une fausse paix,
Et leur fait négliger les célestes bienfaits !
A la table sacrée en vain Dieu les appelle ;
En vain pour les toucher et ranimer leur zèle ;
L'Église, à leur égard, fait agir à-la-fois
Les prières, les pleurs, la rigueur de ses lois :
Sous l'empire des sens leur raison affermie
Préfère indignement le trépas à la vie.

Ce n'était pas ainsi que les premiers Chrétiens,
De l'Eglise naissante intrépides soutiens,
Révéraient des Autels le sublime mystère ;
Pleins d'une sainte ardeur, ils aimaient, au contraire,
A s'unir à leur Dieu : son culte chaque jour
Recevait un tribut de respect et d'amour :
Aussi, dans les transports qu'un feu divin inspire,
De la table sacrée ils volaient au martyre.
Oh qu'un zèle si pur, qu'un amour si fervent,
Accuse notre siècle et son aveuglement !

Mais, sans nous transporter aux siècles trop antiques,
Et rouvrir à l'esprit leurs fastes héroïques,

Interrogeons des tems de nous plus rapprochés.
Quand vingt peuples divers, au vrai culte attachés,
Allèrent arracher, au fond de la Syrie,
Solyme au joug cruel d'une secte ennemie;
Qu'ils eurent à souffrir dans ces climats lointains!
Tout l'Enfer soulevé traversait leurs desseins:
Ils triomphent pourtant; une illustre victoire
Fait tomber ces remparts, témoins de tant de gloire!
Ils entrent dans Sion, mais non avec l'éclat
D'un vainqueur orgueilleux d'avoir sauvé l'Etat;
Tous ces braves guerriers naguère si terribles,
Devenus tout-à-coup modestes et sensibles,
S'avancent sur deux rangs d'un pas religieux;
Une croix à la main, ils invoquent les Cieux,
Et tout fiers de paraître avec ce divin gage,
Au Tombeau du Sauveur ils portent leur hommage;
Et reçoivent enfin dans leurs cœurs satisfaits,
Et le Dieu des combats et le Dieu de la paix.
Et quand, pour rappeler tant d'antiques prodiges
Dont leurs yeux fortunés contemplaient les vestiges,
On leur disait: « Voici, voici l'auguste lieu,

« Habité, consacré jadis par l'Homme-Dieu !
« C'est ici que touché des larmes de MARIE,
« Il daigna rappeler le Lazare à la vie;
« C'est là qu'il rassemblait ses Disciples nombreux;
« Veillant, jeûnant, priant, conversant avec eux;
« Voyez le mont Thabor, théâtre de sa gloire;
« Ici la Synagogue et l'infâme Prétoire;

« Plus loin, c'est le Calvaire, où son dernier soupir
« Fut un vœu pour les Juifs qui le fesaient périr !
« Vos lèvres ont baisé sa tombe vénérable,
« Cet asile nouveau d'où son corps adorable
« Sortit au jour fixé triomphant, immortel ;
« Enfin voilà le mont qui le rendit au Ciel !.,.. »
A ces discours touchans, des larmes de tendresse
Attestaient de leurs cœurs la joie et la tristesse.
Ils s'estimaient heureux d'arroser de leur sang
De la Rédemption le théâtre éclatant,
Et de son digne auteur d'implorer l'assistance
Dans ces augustes lieux remplis de sa présence.

Et tels sont, ô Chrétiens ! les pieux sentimens
Qui devraient animer vos ames en tous tems :
Mais quand du Dieu sauveur l'active bienfaisance
Vous offre tous ses dons avec tant d'abondance,
Vous les méconnaissez, au lieu de les chérir,
Ou plus ingrats encor, vous osez les flétrir !
Pourquoi tant de mépris, d'audace, d'injustice ?
Ah ! si de nos Autels l'auguste sacrifice
S'opérait en un siècle une fois seulement,
Trop heureux, diriez-vous avec saisissement ;
Les témoins d'un prodige et si grand et si rare !
Sa bonté cependant chaque jour vous prépare
Un mets délicieux, vous invite au festin,
Et vous n'y répondez que par un froid dédain !

A cet aveuglement, si digne de nos larmes,
Hâtons-nous d'opposer un tableau plein de charmes;

Quel est ce grand concours, et quel empressement
Entraîne tout un peuple aux pieds du Dieu vivant?
Pourquoi ces pavillons, ces bannières flottantes,
Ces flambeaux, ces tapis, ces fleurs, ces riches tentes,
Et ces hymnes divers dont le sacré refrain
Semble éveiller le bruit du bronze et de l'airain?
Ah! c'est de l'Homme-Dieu la fête solennelle,
Que tous les ans l'Eglise en ce jour renouvelle.
Sous un dais rayonnant, de prêtres entóuré,
Il daigne se montrer hors du parvis sacré:
D'un pas majestueux lentement il s'avance;
La trompette sonore annonce sa présence.
Des milliers de Chrétiens, à cet auguste aspect,
Tombent à ses genoux, saisis d'un saint respect.
Dans les airs parfumés l'encens monte en nuage;
Un chœur nombreux d'enfans vole sur son passage,
Et vêtus d'un lin blanc, symbole de leurs cœurs,
Ils signalent sa marche en lui jetant des fleurs.
C'est à travers les flots d'une foule innombrable,
Et dans cet appareil pompeux et respectable,
Que le Dieu de grandeur traverse la cité:
Mais toujours admirable en sa simplicité,
Plutôt que les palais, il bénit les chaumières;
Et du pauvre et du riche accueillant les prières,
Et les dons différens, sa main ouvre sur eux
Les trésors de la Terre et les trésors des Cieux.

FIN DU TROISIÈME CHANT.

D

LES SACREMENS,

POËME.

CHANT QUATRIÈME.

LA PÉNITENCE.

Qui pourra m'expliquer par quel effet étrange
L'Homme n'offre ici-bas qu'un funeste mélange
De néant, de grandeur, et de mal et de bien ?
Le Baptême en naissant le transforme en Chrétien;
L'Esprit Saint le remplit de sa divine flamme,
Et le corps de Dieu même alimente son ame :
Avec tant de moyens, de grâces, de faveurs,
Ne devrait-il donc pas retracer dans ses mœurs
Des habitans du Ciel l'innocence et le zèle ?
Mais, hélas ! trop souvent à ses devoirs rebelle,
Dans les sentiers du vice il signale ses pas ;
Il fait plus, il se livre à de noirs attentats.
Voyez, qui le croirait ? dans la Sainte Ecriture,
Tant de crimes divers, l'effroi de la nature!

Abel, le juste Abel par un frère immolé ;
Joseph, par tous les siens proscrit et dépouillé ;
Dathan, ce novateur qui, dans le sanctuaire,
L'encensoir à la main porte un pied téméraire ;
Les Hébreux au Désert, esclaves de l'erreur,
Quittant pour le Veau d'Or, leur sage conducteur ;
Absalon, soulevé contre un Roi, contre un père,
D'un attentat affreux épouvanter la terre ;
David, ce Roi long-tems favorisé du Ciel,
Imprimer à son règne un opprobre éternel ;
Rougir ses mains du sang du trop fidèle Urie ;
Salomon, le héros et l'amour de l'Asie,
Abjurant la sagesse, encenser les faux Dieux ;
Et sous la loi nouvelle, en des tems plus heureux ;
Voyez Judas aux Juifs livrer son Divin Maître,
Et son premier Disciple oser le méconnaître !

Mais pourquoi rechercher, au loin chez nos aïeux,
Du crime et de l'erreur les exemples fameux,
Tandis que notre siècle, en excès trop fertile,
Affiche la licence et brave l'Evangile ;
Qu'il ferait redouter le retour de ce tems
Où les humains livrés à mille égaremens,
Eprouvèrent enfin, dans sa vaste étendue,
La colère de Dieu, trop long-tems retenue ;
Si ce Dieu de clémence, à regret punissant,
N'eût promis d'abolir cet affreux châtiment,
Et de ne plus troubler le ciel, la terre et l'onde,
Pour exterminer l'Homme et dévaster le monde ?

De tant d'êtres pervers quel sera le destin ?
Déchirés de remords, émules de Caïn ,
Et sans aucun espoir, faudra-t-il que leur bouche,
Rompant avec fureur un silence farouche ,
Fasse entendre ces mots : *Mon crime est trop affreux*
Pour espérer du Ciel un pardon généreux ;
Ou que pour consommer leur fatale licence,
Dans les bras d'une froide et triste indifférence,
Ils attendent la mort, sans réfléchir, hélas !
Que l'Enfer dévorant va s'ouvrir sous leurs pas,
Et que près d'éclater l'inflexible justice
Pour des siècles sans fin prépare leur supplice ?

Ah ! loin d'eux à jamais un pareil désespoir !
Que dans les livres saints ils lisent leur devoir ;
Qu'ils souffrent aujourd'hui qu'une voix consolante
Renouvelle pour eux l'histoire intéressante
D'un enfant trop coupable et d'un père indulgent :
Cette scène d'amour et d'attendrissement
Portera dans leur âme une émotion sainte ,
Ranimera leur Foi , dissipera leur crainte ,
Et de la Grâce en eux hâtera le retour ;
Comme on voit au printems l'astre brillant du jour
De ses feux, par degrés réchauffant l'atmosphère ,
Chasser les noirs frimats, rendre enfin à la terre ,
Que l'hiver condamnait à la stérilité,
Son éclat, sa vigueur et sa fécondité.

Un homme avait un fils, digne de sa tendresse ;
C'est sur lui qu'il fondait l'appui de sa vieillesse,

L'honneur de sa maison ; et l'enfant vertueux
Par sa docilité répondait à ses vœux.
Mais quand des passions l'atteinte inévitable
Eut troublé tout-à-coup un sort si favorable ;
Des désirs insensés égarèrent son cœur ;
Il s'arroge le droit de faire son malheur :
Il veut abandonner son pays et son père ,
Pour aller habiter une terre étrangère.
Le vieillard cependant , par de sages avis ,
Combat , mais sans succès , le projet de son fils ;
Il fait valoir en vain , en ses vives alarmes ,
Les rides de son front , ses prières , ses larmes :
Rien ne peut arrêter le jeune homme emporté
Par l'attrait du plaisir et de la liberté.
Il part, il part enfin , chargé de ses largesses ,
Et préférant son or aux plus tendres caresses.

D'un départ, signalé par de semblables traits ,
On peut facilement pressentir les effets.
Son destin le conduit dans une ville immense
Qu'animaient les plaisirs , enfans de l'opulence.
L'aspect de tant d'objets variés , réunis ,
Enchante ses regards , transporte ses esprits :
Il veut paraître aussi sur la scène du monde ,
En festins , en concerts , en voluptés féconde.
Des flatteurs empressés , de prétendus amis
Appellent sur ses pas et les jeux et les ris ;
On vante son esprit , ses grâces , sa jeunesse :
Mais son or qu'épuisaient le luxe et la mollesse ,

A ses nombreux besoins ne pouvant plus fournir ;
L'éclat de ses beaux jours va s'éteindre et finir.
C'en est fait, plus d'amis, ni de moyens de vivre.
Quelle terrible chute ! et comment y survivre ?
Il s'arrache soudain de ces funestes lieux
Qui retracent son crime et sa honte à ses yeux.
Hélas ! son existence est un poids qui l'accable !
Il pouvait être heureux, il n'est qu'un misérable ;
Forcé par le besoin, en cette extrémité,
De sentir les horreurs de la mendicité,
Et d'envier le sort de l'homme mercenaire
Qui, pour prix de vils soins, reçoit un vil salaire.

Consumé de regrets, sans espoir, sans secours,
Sur ce sol malheureux finira-t-il ses jours ?
Non : un reste d'honneur, de raison, de tendresse,
Réveillé dans son ame, et l'agite et le presse.
« Pourquoi ramper ici dans cet affreux séjour,
« Dit-il, tandis qu'ailleurs, par un sage retour,
« Je puis enfin trouver dans les bras de mon père,
« L'oubli de mes écarts, la fin de ma misère ?
« Quoiqu'un fils à l'erreur ait pu s'abandonner,
« Un bon père toujours se plaît à pardonner.
« Courons donc à l'instant implorer sa clémence. »
Il s'éloigne à ces mots, et plein de confiance
Va retrouver son père, embrasser ses genoux.
J'ai péché, lui dit-il, *contre Dieu, contre vous.*
Un aveu si touchant et son humble posture
Dans ce cœur paternel réveillent la nature.

Eh ! comment résister aux pleurs du repentir ;
Quand le coupable même à ses pieds vient s'offrir ;
Confessant ses erreurs, sollicitant sa grâce ?
Ce père trop heureux le relève, l'embrasse.
Il lui fait apporter ses plus beaux vêtemens ;
Le replace avec pompe au rang de ses enfans,
Le rétablit enfin dans sa splendeur première ;
Et pour faire éclater une allégresse entière,
Il veut qu'à l'instant même un festin somptueux ;
Unissant tous les cœurs, confondant tous les vœux ;
Célèbre dignement l'événement prospère
Qui rend le père au fils, et le fils à son père.

A ce récit touchant, qui ne voit les pécheurs ;
En se frappant le sein, confesser leurs erreurs,
Et du prêtre, chargé du divin ministère,
Implorer à genoux le pouvoir salutaire ?
Et lui-même agité leur adresser ces mots
Qu'interrompent souvent leurs soupirs, leurs sanglots :

« Interprète du Dieu dont la main secourable
« Daigne vous retirer d'un abîme effroyable,
« Vous ne m'entendrez pas, plus sévère que lui,
« En reproches amers éclater aujourd'hui ;
« Mais, en vous le peignant au repentir propice,
« Je dois à vos regards dévoiler sa justice,
« Infinie, adorable, et dont rien n'a jamais
« Interrompu le cours, altéré les effets.
« Quand touché de vos pleurs, il pardonne à l'outrage,
« A partager sa Croix ce pardon vous engage :

« Du haut de cette Croix, il confie à vos cœurs,
« Il lègue à votre amour ses maux et ses douleurs.
« Munis de ce dépôt, montez donc au Calvaire,
« Où de la pénitence il ouvrit la carrière :
« Son sang y coule encore, et tout digne Chrétien,
« Pour renaître avec lui doit y verser le sien.
« De l'Église telle est l'immuable doctrine,
« Et telle fut jadis sa sainte discipline,
« Que les hommes pécheurs ne rentraient dans son sein
« Qu'après avoir long-tems déploré leur destin :
« Prosternés en silence à la porte du Temple,
« Ils donnaient au public un long et grand exemple
« De zèle, de constance et de componction,
« Jusqu'au moment heureux où leur conversion,
« Qu'attestaient les soupirs, les jeûnes, les prières,
« Leur permît d'assister aux célestes mystères ;
« Et l'Église inflexible, en ses premières lois,
« Ainsi que l'homme obscur, y soumettait les Rois.
« Tout révérait alors sa puissance suprême :
« C'était en l'écoutant, écouter Dieu lui-même.
« Dans Milan étonné, voyez un grand Prélat
« Abaisser, à ses pieds, l'orgueil d'un Potentat ;
« Du Temple des Chrétiens lui refuser l'entrée,
« Jusqu'à ce que sa main un instant égarée
« Et fumante de sang, soit lavée à loisir
« Dans les pleurs abondans d'un juste repentir ;
« Et loin de s'indigner des transports d'un saint zèle,
« Le Monarque obéir, comme un simple Fidèle,

« Et se montrer plus grand par sa docilité
« Que par l'éclat du trône et de l'autorité.
  « Ces décrets de rigueur, ces antiques usages
« Ont fléchi sous le poids des abus et des âges :
« L'Eglise néanmoins exige du pécheur
« Qu'en détestant sa faute et pleurant son erreur,
« Il réprime ses sens et puisse satisfaire
« Au Ciel dont tant de fois il brava la colère ;
« Et quoiqu'à tous les yeux ses coupables excès
« Soient par la main du prêtre effacés à jamais,
« Il faut que sa douleur ici-bas les expie,
« Ou qu'il subisse enfin sa peine en l'autre vie :
« C'est dans cette croyance et ce vif sentiment
« Qu'un Chrétien peut prétendre au fruit du Sacrement.

  Il dit, et prononçant, d'une voix assurée,
Du pardon général la formule sacrée,
Sa main de la ferveur rallume le flambeau,
Efface le vieil homme et forme le nouveau.

FIN DU QUATRIÈME CHANT.

E

LES SACREMENS,

POËME.

CHANT CINQUIÈME.

LE MARIAGE.

Remontons en esprit jusqu'au berceau du Monde,
Interrogeons des tems la majesté profonde :
Quelle fut la surprise et le saisissement
Du premier des Humains, au sortir du Néant,
Quand, ouvrant tout-à-coup les yeux à la lumière,
Il jouit de l'aspect du Ciel et de la Terre ;
Qu'il vit les eaux, les bois, les champs, les fruits, les fleurs,
De leurs riches trésors étaler les couleurs ;
Les oiseaux ajouter à l'éclat du plumage,
De leurs airs variés l'harmonieux langage ;
Et tant d'êtres rampans, tant d'animaux divers,
Autour de lui placés sur ce vaste Univers !
Qu'il porta ses regards vers la voûte azurée,
Vers ces globes brillans des feux de l'Empyrée,

Et cet astre pompeux, qui partageant son cours,
Distribue à la terre et les nuits et les jours !
Sans fixer sa raison, ces sublimes merveilles
Frappaient confusément ses yeux et ses oreilles;
Il n'en voyait encor ni l'objet ni la fin.
Etranger à lui-même, il ignorait enfin
Son auguste origine et ce qu'il devait être :
Mais quand à son réveil soudain il vit paraître
Dans sa digne compagne une jeune beauté,
Empreinte des rayons de la divinité,
Quel changement subit ! une rapide flamme
Eclaire son esprit et pénètre son ame;
Il fait un pas vers elle, et lui tendant la main,
D'avance la salue, au nom du genre humain,
Et dit, en la voyant si modeste, si belle :
C'est pour moi qu'elle existe, et j'existe pour elle.

Echappés à son cœur, ces accens du désir
Dans ses sens agités éveillent le plaisir,
Et la femme, à son tour, dans une douce ivresse,
Sourit à son ardeur, répond à sa tendresse;
Elle sent que le Ciel a daigné les former
Pour vivre l'un pour l'autre, et se plaire et s'aimer;
En goûtant à loisir dans leur riant asile
Les fruits d'une union innocente et tranquille.

C'est ainsi que jadis la main de l'Eternel,
Unissant deux époux par un nœud solennel,
Forma le genre humain, et que du Mariage
Etablissant le mode, ennoblissant l'usage,

Et voulant , par les dons de la fécondité ,
Attacher le bonheur à la fidélité ,
Il consacra l'amour , le couvrit de ses ailes ;
Et tant que les Mortels se montrèrent fidèles
A la simple nature , on vit fleurir les mœurs :
La candeur et la paix régnaient dans tous les cœurs !
Qui ne s'est attendri cent fois dans son enfance ,
Aux récits si touchans des siècles d'innocence ?
Qui n'a point admiré ces fidèles Sara ,
Ces aimables Rachel , ces sages Rebecca ,
Qui , du sang d'Abraham illustres héritières ,
Peignaient dans leurs vertus les vertus de leurs pères ;
Qui , loin de se parer d'une vaine beauté ,
Adoraient le Seigneur avec simplicité ,
Chérissaient leurs époux, ne cherchaient qu'à leur plaire,
En s'honorant du titre et d'épouse et de mère ,
En imprimant surtout au cœur de leurs enfans ,
De la Religion les nobles sentimens ?

Mais quand des passions la fatale influence
Amena sur ses pas l'erreur et la licence ,
Les peuples , enivrés d'un funeste poison ,
Se livrèrent sans crainte à la corruption.
L'époux devint parjure : aux pieds d'une étrangère ,
Il brûla lâchement d'une flamme adultère ,
Et l'épouse , excitée à l'infidélité ,
Dans des prophanes bras chercha la volupté.
Que dis-je ? ô honte ! on vit des nations entières
Des plus affreux excès arborer les bannières.

La pudeur, qu'outrageait un crime si nouveau,
En détournant les yeux, éteignit son flambeau,
Et le Ciel, pour punir des hommes trop coupables,
Lança dans sa fureur ses foudres redoutables :
Tous en furent atteints ; un déluge de feux
Engloutit leurs Cités et leur crime avec eux.

Pour mettre enfin un terme à ce désordre extrême,
L'homme était sans moyens ; il fallait un Dieu même
Qui pût du Mariage avili par les lois,
Relever la splendeur et consacrer les droits,
Réprimer des penchans faciles, agréables,
Détruire des erreurs aux sens trop favorables,
Et faire ainsi rentrer dans le fond des Enfers
L'esprit d'impureté qui souillait l'Univers.

Vous, de cet Univers habitans misérables,
Qu'un long amas d'abus et d'erreurs déplorables
Enchaîne par devoir, par goût, par sentiment,
A cet état d'opprobre et d'avilissement,
Ecoutez tous, enfin, une voix chaste et pure
Qui rappelle vos cœurs à la simple nature :
Apprenez que l'hymen est un engagement
Par les mœurs contracté, sous la foi du serment ;
Une union intime, indissoluble et sainte,
Qui doit du premier âge offrir la chaste empreinte,
Et qui, pour le maintien de la société,
Soumet les deux époux à la fidélité,
Jusqu'à ce que l'un deux terminant sa carrière
Rende à l'autre, à la fin, sa liberté première.

Epuré par sa grâce et scellé de son sang ;
L'Eglise ainsi de Dieu reçut ce Sacrement ;
Sacrement ineffable et sur lequel se fonde
Le sort du genre humain et le bonheur du Monde ?
Aussi vit-on bientôt les Juifs et les Payens
Rougir de leur état, en rompre les liens,
Et charmés d'être admis dans le sein de l'Eglise ;
Présenter à son joug une tête soumise.

Mais c'est au jour pompeux de la solennité
Qu'on voit du Sacrement briller la dignité.
Le signal est donné pour la cérémonie :
Aussitôt vers le Temple une troupe choisie
De parens et d'amis porte ses pas, ses vœux ;
Ils entourent l'autel : on voit au milieu d'eux
Deux amans, deux époux, jeunes, pieux, aimables,
Et que tout en ce jour rend si recommandables,
Demander à genoux qu'à leur tendre union
Le Ciel veuille donner sa bénédiction.
L'art pour les embellir ajoute à la nature,
Et des plus riches dons compose leur parure ;
Mais de tant d'ornemens qu'ils étalent aux yeux
La fleur de l'innocence est le plus précieux.

Le Prêtre cependant qui reçoit leur prière,
Paraît dans tout l'éclat du sacré ministère,
Et rappelle en ces mots à leur zèle fervent
Le principe et la fin de ce grand Sacrement :

« Oui, la Foi conjugale est sainte par essence ;
« Dieu lui-même a formé cette auguste alliance ,

« Et les époux Chrétiens pour prétendre au bonheur,
« Doivent tous être purs et d'esprit et de cœur.
« Il faut qu'à chaque instant leur conduite retrace
« Tous les feux de l'amour épurés par la Grâce ;
« Qu'ainsi qu'un pur encens, leur touchante pudeur
« Exhale dans le monde une agréable odeur.

« Que l'Eglise aime à voir deux époux estimables
« Cimenter à l'envi leurs liens respectables,
« Par un surcroît d'amour et de fidélité ;
« Offrir leurs vœux ensemble au Dieu de sainteté ;
« Partager et les biens et les maux dont la vie
« En son cours inégal est tour-à-tour remplie ;
« Et former, avec soin autour de leurs foyers,
« Des mœurs et de la Foi les dignes héritiers !

« Vous donc qui recherchez ce bonheur domestique
« Dans le sein de l'Eglise et sous la foi publique ,
« Connaisse z les devoirs et les engagemens
« Que vont devant l'Autel attester vos sermens !

« Epoux ! en chérissant l'épouse qui vous aime ,
« Vous deviendrez meilleur et plus cher à vous-même;
« Le Ciel , en confiant sa faiblesse à vos mains ,
« Ne veut pas l'asservir à des caprices vains :
« Redoublez donc de soins, d'égards, de complaisance,
« Pour lui faire en tout tems bénir sa dépendance ;
« Assuré de sa foi , charmé de ses attraits ,
« Qu'elle fixe toujours vos regards satisfaits !

« Et vous épouse ! vous que déjà la nature
« De ses aimables dons a comblé sans mesure ,

« Mêlez aux chastes feux qu'un cœur sait inspirer
« Ce charme des vertus qui les font révérer !
« La beauté n'est souvent qu'un funeste avantage ;
« Tandis que du bonheur les vertus sont le gage.

« Fidèles l'un et l'autre à ces communes lois ,
« Que l'Église aujourd'hui vous transmet par ma voix,
« Des époux assortis vous serez le modèle.
« Ah ! puissiez-vous, pour prix d'une union si belle ,
« Après avoir coulé de longs jours dans la paix ,
« Réunis dans le Ciel , vivre encore à jamais ! »

Ainsi parle le Prêtre , et sa main fortunée
En unissant leurs cœurs , bénit leur destinée.

FIN DU CINQUIÈME CHANT.

LES SACREMENS,

POÉME.

CHANT SIXIÈME.

L'ORDRE.

Que l'Éternel est grand ! ses divers attributs
Offrent avec splendeur à nos yeux éperdus,
Un ensemble parfait d'ordre, d'intelligence,
Un océan sans fin de gloire, de puissance,
De pureté, d'amour, de douceur, d'équité ;
Et son essence brille avec tant de clarté
Que les esprits divers, créés à son image,
Peuvent seuls à ses pieds portant un digne hommage ;
L'adorer, le servir : c'est donc à leur ferveur
Qu'appartenait d'abord la sublime faveur,
Ainsi que dans le Ciel, d'exercer sur la Terre
Les nobles fonctions du Divin Ministère,
Et d'acquitter ainsi la dette des Humains.
Ils étaient par leur rang destinés à ces fins :

F

Mais puisque l'Homme-Dieu daigna dans sa sagesse
Confier ce dépôt à l'humaine faiblesse,
Avec quel saint effroi, quel zèle, quelle ardeur,
Les Mortels élevés à ce comble d'honneur,
Doivent-ils célébrer ses augustes mystères,
Epurer à l'Autel leurs cœurs et leurs prières,
Et toujours attentifs au salut des pécheurs,
Faire fleurir la Foi, la Justice et les Mœurs !

Telle on vit, autrefois sous la Loi de Moïse,
Qui présageait déjà le règne de l'Eglise,
La nombreuse Tribu des Lévites sacrés,
A la garde du Temple en naissant consacrés,
Du Tabernacle auguste environner l'enceinte,
Veiller sur le dépôt placé dans l'Arche Sainte,
Et présenter en pompe au Souverain des Cieux
Du peuple d'Israël les besoins et les vœux ;
Et si des novateurs, étrangers aux Lévites,
Souillaient des fonctions à leurs mains interdites,
Dirigé par Dieu même, un châtiment affreux
Confondait à jamais leurs projets orgueilleux.

Malheur donc au Ministre ou faible ou téméraire,
Qui, loin de soutenir l'honneur du Sanctuaire,
Affligerait l'Eglise, outragerait son Dieu,
En ne montrant que l'Homme en cet auguste lieu !
Si le Ciel, pour punir son erreur et son crime,
N'ouvrait pas à l'instant sous ses pieds un abîme,
Plus terrible peut-être en son ressentiment,
Il livrerait son ame à l'endurcissement.

Mais que les jeunes cœurs en qui la grâce abonde,
Qui, pleins d'amour pour Dieu, de mépris pour le Monde,
Veulent fixer leur sort, et nouveaux Samuels,
Consacrer leur jeunesse au culte des Autels,
Accourent à la voix du Pontife en prière
Qui doit leur imprimer le sacré caractère,
Et qu'avant de former leurs saints engagemens,
Tous prêtent à l'envi l'oreille à ses accens :

« Béni soit l'Esprit Saint, dont l'heureuse influence
« Vers Dieu, vers son Eglise attirant votre enfance,
« Répand enfin sur vous le savoir, la vertu,
« Dont l'art des arts vous fait un devoir absolu !
« Je viens, en ce beau jour, vous ouvrir la carrière
« Où va fixer vos pas le Divin Ministère,
« Vous montrer tour-à-tour les épines, les fleurs,
« Dont un si vaste champ, pour prix de vos sueurs,
« Vous fesant entrevoir la moisson abondante,
« Ne trompera jamais votre pieuse attente.

« Que prédit le Seigneur aux Disciples chargés
« D'éclairer les Mortels dans l'erreur engagés ?
« Des courses, des périls, des souffrances, des chaînes,
« Et l'échafaud enfin pour terminer leurs peines.
« Rien ne put néanmoins arrêter leur ardeur :
« L'amour du genre humain et l'espoir si flatteur
« D'obéir à leur Maître et de servir l'Eglise,
« Soutenaient leur courage en leur vaste entreprise.
« Mes Frères ! c'est à nous, leurs successeurs heureux,
« D'imiter, s'il le faut, ce zèle généreux ;

« Quoiqu'aujourd'hui l'Eglise, après tant de tempêtes,
« Jouisse de la paix dans ses saintes retraites,
« Le ciel peut cependant permettre quelquefois,
« Pour punir les excès des Peuples et des Rois,
« A l'Ange de l'Abîme, à l'Esprit des Ténèbres,
« D'envelopper la Foi de ses voiles funèbres,
« Et de souffler au sein de la Religion,
« Le trouble, le scandale et la confusion :
« Mais qu'au bruit du péril, ses fidèles Ministres
« Repoussent de l'erreur les conseillers sinistres,
« Et que loin de fléchir sous un joug criminel,
« Ils expirent plutôt en embrassant l'Autel.
     « Osons tous espérer que la bonté céleste
« Préservera nous jours d'un fléau si funeste.
« Mais il est des combats moins craints, moins dangereux,
« Qui provoquent déjà des efforts courageux :
« Vous aurez à dompter le vice et l'ignorance,
« Deux puissans ennemis, dont hélas ! l'influence
« Afflige vivement l'Eglise et ses Pasteurs.
« Instruisez donc le peuple, inspirez-lui des mœurs;
« Que son salut sans cesse excite votre zèle ;
« Servez-lui tour-à-tour de guide et de modèle,
« Plus par vos actions que par vos entretiens :
« Pour conquérir son cœur, que d'utiles moyens
« Ne vous suggère pas votre heureux ministère ?
« Vous êtes jour et nuit son ange tutélaire,
« Attentif à ses vœux, utile à ses besoins ;
« Et lui, l'objet constant de vos généreux soins,

« Vous chérit, vous honore ; à vous seul il confie,
« Avec l'accent du cœur, les secrets de sa vie.

« Oh ! qu'il est consolant pour un digne Pasteur,
« De se dire à lui-même, en louant le Seigneur :
« Au milieu de ce peuple, ami de la licence,
« J'ai ranimé la Foi, la ferveur, la décence!
« Ce Temple était désert, l'Autel peu révéré,
« La Chaire sans organe, et le Culte altéré : (1)
« Mais Dieu, pour relever l'éclat du Sanctuaire,
« En prêtant à ma voix un charme salutaire,
« De ces hommes grossiers, fragiles et pécheurs,
« A formé par mes soins de vrais adorateurs.
« Ma tendresse pour eux saintement agitée,
« De ces soins généraux ne s'est pas contentée :
« Fruit d'un vil intérêt, un procès scandaleux
« D'une famille entière avait rompu les nœuds,
« Mes conseils, mes efforts l'ont sagement rendue
« Aux douceurs d'une paix trop long-tems méconnue;
« Cette jeune beauté, pour un or séducteur,
« Allait bientôt livrer ses charmes, son honneur,
« Attentive à ses pas, ma sage vigilance
« A d'un affreux trafic préservé l'innocence ;
« Ce vieillard isolé, sans moyens, sans parens,
« Succombait sous le poids du besoin et des ans,

(1) Tel était généralement l'état déplorable des églises de France, il y
a quelques années, et tel est-il encore dans la plupart des campagnes.
Voilà les résultats de nos révolutions! Espérons que sous un Roi Très-
Chrétien, la nation rendra enfin au Culte son ancien éclat, et à ses
Ministres une aisance dont ils pourront faire part aux pauvres d'une
main, tandis que de l'autre ils leur administrent les secours de la
Religion.

G

« Ma main lui fait encor supporter l'existence ;
« Ce père de famille, en proie à la souffrance,
« Voyait déjà la tombe ouverte sous ses pas,
« Des secours ménagés l'ont sauvé du trépas,
« Du travail sous mes yeux il a repris l'usage ;
« Ces champs bouleversés par le vent et l'orage
« Sont rendus par mes soins à la fécondité ;
« Ce toit du laboureur tombait de vétusté,
« Je l'ai fait rétablir dans sa forme première ;
« Je n'avais vu d'abord autour du presbytère
« Que des cœurs affligés, des hommes indigens,
« Tous vivent aujourd'hui tranquilles et contens,
« Et tous, dans les transports de la reconnaissance,
« Appellent leur Pasteur une autre Providence ;
« Ils demandent à Dieu de prolonger mes jours ;
« Et lorsqu'enfin la mort en tranchera le cours,
« Ma mémoire longt-tems à leurs cœurs sera chère ;
« De leurs pleurs, de leurs vœux le tribut volontaire
« Honorera ma tombe, et m'obtiendra du Ciel,
« Pour prix de mes bienfaits, un repos éternel ».

Tels sont les saints avis du Pontife aux Lévites,
Autour de lui rangés dans les formes prescrites.
Témoin de leur ferveur, content de leur savoir,
Il imprime à leur ame un souverain pouvoir,
Par une onction sainte, admirable, efficace,
Qui remet en leurs mains tous les dons de la Grace ;
Et sa voix aussitôt d'accord avec son cœur,
Les proclame à l'Autel Ministres du Seigneur.

FIN DU SIXIÈME CHANT.

LES SACREMENS,

POËME.

CHANT SEPTIÈME.

L'EXTREME-ONCTION.

DE la Religion telle est la digne essence ;
Telle est sur l'Univers sa suprême influence,
Qu'elle vole sans cesse, en son cours généreux,
Du Créateur à l'Homme, et de la Terre aux Cieux:
Elle tend au Chrétien une main favorable,
Fait briller devant lui le flambeau respectable
D'une saine raison et de la vérité ;
A ses besoins divers veillant avec bonté,
Et de bienfaits sans nombre adoucissant sa vie,
De maux et de dangers presque toujours remplie:
   A peine à la lumière a-t-il ouvert les yeux,
Qu'il se voit consacrer au Dieu de ses aïeux :
Ce n'est plus un esclave, engendré dans le crime,
Mais un être nouveau, l'héritier légitime

Des trésors de la Terre et des trésors du Ciel ,
Que l'Eglise contemple en son sein maternel.

L'enfance permet-elle à sa raison d'éclore ?
Elle épie et saisit l'instant de son aurore :
C'est elle qui , fixant ses premiers sentimens ;
De son bonheur futur pose les fondemens ;
Des vrais biens , des vrais maux trace la différence ;
Et contre les périls arme son innocence.

Dans l'âge où son esprit , par l'espoir excité ,
Se prépare aux emplois de la société ,
Elle lui fait puiser dans la Divine Hostie
Les germes immortels d'une nouvelle vie ,
Des mœurs et de la Foi l'aimable pureté ,
L'amour de la justice et de l'humanité.

Si le bien de l'Etat d'accord avec lui-même ;
Le presse de s'unir à la beauté qui l'aime ,
C'est la Religion encor qui de sa main
Consacre ses amours et fixe son destin ,
Eloigne de ces nœuds et les profanes vues
Et le vil intérêt et les mœurs corrompues ;
Et pour en conserver l'éclat , la sainteté ,
Leur imprime le sceau de la Divinité.

Au mépris du devoir et de sa destinée ,
Sa faiblesse souvent se voit-elle entraînée
Dans les sentiers du vice ? Ah ! c'est encor sa voix
Qui pour le ramener lui retrace à la fois
Du Dieu qu'il outragea , la bonté , la colère ,
Et qui comme son maître , indulgente et sévère ,

Par un long repentir, brise, change son cœur,
Efface sa souillure et le rend au bonheur.

Habile à se produire et toujours agissante,
Voyez-là rechercher l'humanité souffrante ;
Encourageant le faible, instruisant l'ignorant,
Consolant l'affligé, secourant l'indigent,
Elle prête surtout une oreille attentive,
A l'orphelin timide, à la veuve plaintive.
Dans les réduits obscurs elle aime à se montrer ;
Au fond des noirs cachots elle sait pénétrer ;
Et pour sauver son ame, ô zèle incomparable !
Jusques sur l'échafaud elle suit le coupable,
Tempère, par l'effet d'un pardon généreux,
L'opprobre du trépas, et lui rend dans les Cieux,
A sa voix entr'ouverts, l'asile dont la terre,
Pour punir ses excès, le prive en sa colère.

Mère tendre et sensible envers tous ses enfans,
Que de ressorts divers, que de moyens puissans
Elle sait employer ! Ses fêtes solennelles,
Après de longs travaux, ménagent aux Fidèles
Un utile repos, dont l'effet précieux
Est d'élever leurs mains et leur cœur vers les Cieux.
Dans les champs destinés à notre subsistance
Ses bénédictions appellent l'abondance,
Et ses vœux adressés au vrai Dieu des combats
Assurent la victoire à nos braves soldats,
Et des succès heureux à la noble industrie
Qui tend par ses efforts à servir la Patrie.

Et si quelque fléau, trop funeste en son cours,
Menace tout-à-coup ou nos biens ou nos jours,
Vout la verrez du Ciel implorant la clémence,
Appaiser sa justice, arrêter sa vengeance.

Victime enfin de l'âge et des infirmités,
L'homme voit-il s'ouvrir la tombe à ses côtés?
Un mal cruel, signal d'une lente agonie,
Sur un lit de douleur consume-t-il sa vie?
Ah! c'est alors surtout que la religion
Se hâte d'adoucir sa situation!
Pour lui le Prêtre au Ciel adressant sa prière,
Sur ses membres souffrans, d'une main salutaire,
Répand l'huile sacrée, épanche ses trésors,
Propres à soulager et son ame et son corps,
Et d'un Dieu mort pour nous lui présentant l'image,
A sa foi ranimée adresse ce langage :

« Mon frère, quel objet pour vous plus consolant
« Que de voir votre Dieu sur la Croix expirant!
« Dites-lui donc du fond de votre ame attendrie,
« Seigneur, c'est en vos mains que je remets ma vie.
« Si vous jugez ce fruit mûr pour l'Eternité,
« Mon ame se soumet à votre volonté ;
« Mais si sensible aux pleurs d'une famille entière,
« Vous m'accordez encor quelques jours sur la terre,
« A vous seul, ô mon Dieu! je veux les consacrer,
« Et par un digne usage, effacer, réparer
« Les jours que loin de vous j'ai passés dans le monde;
« Oui, c'est en votre Croix que mon espoir se fonde.

« Augmentez, s'il le faut, mes maux et mes douleurs.
« Que ne puis-je à ce prix expier mes erreurs !
« Trop heureux si conforme à vous par la souffrance,
« J'obtiens enfin le prix de la persévérance ! »

Mais dans l'Homme ici-bas tout finit, et la mort,
Ou précoce ou tardive, est son funeste sort.
Dans ce combat cruel, ce terrible passage
Où la nature en vain signale son courage,
C'est la Religion qui, prompte à le servir,
Reçoit et ses adieux et son dernier soupir,
Le place dans son sein, le couvre de ses ailes,
Avec lui va frapper aux portes éternelles,
Et le suit jusqu'au pied du Juge Souverain
Qui dans l'Eternité doit fixer son destin.
Que dis-je ? pour fléchir l'éternelle justice
Chaque jour sur l'Autel elle offre en sacrifice,
Pour le salut des morts, les larmes des vivans ;
Sa tendresse pour eux redouble en ces instans,
Et leurs cendres par elle avec pompe bénites,
Aux regards des méchans sagement interdites,
Sont en sa digne garde un dépôt précieux
Qui doit un jour s'unir à l'ame dans les Cieux :
Et quand sur son déclin, l'automne chaque année,
Ramène une lugubre et touchante journée,
Avec quel intérêt et quel pieux transport
Elle va visiter ce dépôt de la mort !
Tout un peuple attiré dans la funèbre enceinte,
Des morts qui lui sont chers évoque l'ombre sainte.

Une veuve, au milieu de ses jeunes enfans,
Désigne par son deuil et ses gémissemens,
Parmi tant de tombeaux la trop fatale pierre
Qui cache aux yeux le corps d'un époux et d'un père:
Ici, c'est une sœur dont le cœur attendri
Offre des vœux au Ciel, pour un frère chéri ;
Là, le jeune homme ému pleure la douce amie
Qu'aux apprêts de l'hymen le trépas a ravie ;
Plus loin, le bon vieillard, d'un pas mal affermi,
Erre autour du tombeau de son dernier ami,
Et tremblant pour lui-même envisage l'espace
Où le sort va bientôt lui désigner sa place.
Le Prêtre cependant en long manteau de deuil
Par trois fois fait le tour de ce vaste cercueil,
En priant pour les morts : son lugubre cantique,
Interprête éloquent de la douleur publique,
Se mêle aux tristes sons de l'airain frémissant,
Forme avec eux dans l'air un long gémissement
Qui, pénétrant les Cieux en ce jour d'indulgence,
Des morts long-tems captifs obtient la délivrance.

FIN DU SEPTIÈME ET DERNIER CHANT.

L'HOMME CONDUIT A LA VÉRITÉ

PAR LA RÉVÉLATION.

ODE.

J'ENTRE dans cette nuit profonde,
Dont les voiles sacrés enveloppent mon sort ;
Vers le trône des Cieux, vers le berceau du Monde,
J'ose prendre un sublime essor.
Pour affranchir mes pas des routes infidèles,
Un rayon détaché des clartés éternelles
M'offre ses divines lueurs ;
Le voile est déchiré , l'erreur va disparaître ;
L'ombre fuit... Je connais la grandeur de mon être
Et la source de mes malheurs.

Je nais... De Dieu je suis l'image...
Insensé ! d'où te vient ce téméraire orgueil ?
Toi l'image de Dieu ! faible et fragile ouvrage
Que la mort entraîne au cercueil.
Si de ce feu divin une vive étincelle
A pu former mon âme et la rendre immortelle,
Qui peut m'arrêter dans mon cours ?
O mort ! terrible mort ! quelle est donc ta puissance ?
Quoi ! l'homme en ce haut rang est dans ta dépendance,
Et ton bras termine ses jours !

Fastueuse philosophie ,
Viens étaler ici tes systêmes nouveaux ;
Hâte-toi de guider ma raison obscurcie
          A la lueur de tes flambeaux....
Je m'égare avec toi , séduisante chimère ;
Non , fille de l'orgueil , dans ce sacré mystère
          Ton œil ne saurait pénétrer.
Heureux qui , rejetant un appui si frivole ,
Va chercher , Dieu Puissant , dans ta sainte parole ;
          L'oracle qu'il doit révérer !

          J'ouvre ces annales célèbres ,
Où ton doigt a tracé l'origine des Tems ;
Ton souffle créateur dissipant les ténèbres ,
          Commande aux atômes flottans.
A chaque être animé tu désignes sa place :
Le cahos de son sein laisse échapper la masse
          De l'Univers encor captif ;
Et le flambeau du jour sur la terre étonnée ,
Tel qu'un époux brillant des feux de l'hyménée ,
          Répand son éclat le plus vif.

          Tu dis : et le limon docile
S'organise à l'instant au gré de tes desseins ;
Une flamme divine anime cette argile ,
          C'est le chef-d'œuvre de tes mains :
Au sortir du néant , il devient ton image ;
Héritier de ta gloire , il porte d'âge en âge
          Ta grandeur peinte dans ses yeux.

Cet être te connaît, ô principe suprême !
Et pour sonder le fond de ton essence même
   Son esprit pénètre les Cieux.

   Je tombe à tes pieds, ô mon père !
J'admire en toi les traits de la divinité :
Sur ton auguste front, ce sacré caractère
   Va fixer la félicité.
Ineffables plaisirs, vous serez son partage,
Et vos heureux transports sans trouble, sans nuage,
   Passeront à ses descendans....
Mais ne sommes-nous pas cette immortelle race ?
Où sont ces jours sereins ? et par quelle disgrâce
   Sont-ils ravis à ses enfans ?

   Infortuné dès ma naissance,
Les cris de ma douleur étonnent mon berceau ;
Je traîne, en languissant, une imbécille enfance ;
   Mes vices creusent mon tombeau !
Roseau faible et tremblant dont l'aquilon se joue,
Je cède, je résiste, et malgré moi j'échoue
   Contre l'écueil que je veux fuir.
Mon cœur, mon propre cœur se soulève et m'opprime :
Le plaisir me séduit, et je vais dans l'abîme
   Avec le tems m'ensevelir.

   D'où naît cette guerre intestine ?
Tous mes sens à l'envi s'arment donc contre moi !
Mon âme qui dément sa céleste origine,
   De ses tyrans reçoit la loi.

Tel , au milieu des flots , surpris par la tempête,
L'abîme sous les pieds , la foudre sur la tête,
     L'œil ébloui par les éclairs ,
Le pâle matelot, d'une main incertaine ,
Veut en vain résister au torrent qui l'entraîne
     Au fond des gouffres entr'ouverts.

     Je t'invoque , sainte lumière ,
Rayon de l'Éternel , fille du Dieu vivant ,
Toi qu'Adam vit toujours éclairer sa carrière ,
     Tant que son cœur fut innocent !
Mes vœux sont exaucés , ton éclat m'environne....
O mon père !.... Est-ce toi dont le malheur m'étonne?
     Mon œil ne m'a-t-il point trompé ?
La honte du péché se lit sur ton visage....
La douleur... les remords... non tu n'es plus l'image
     Du Dieu vengeur qui t'a frappé.

     J'entends la sentence funeste
Qui fixe pour le tems tes malheurs et les miens ;
Ton juge courroucé te laisse à peine un reste
     Du naufrage de tant de biens....
« Meurs, limon révolté, dit-il dans sa colère ,
« Que tous les maux divers deviennent le salaire
     « Du fol orgueil qui t'a séduit ;
« Et pour combler le sort que ma fureur t'apprête ,
« Que ta postérité reçoive sur sa tête
     « L'anathème qui te proscrit. »

     Un démon m'annonce la guerre ;
L'Eternel lui remet ses feux étincelans :

Sur les ailes du tems, il mesure la terre
  Qui tremble sous ses pas sanglans.
Mort, c'est toi !.... Je connais ta fureur agissante...
Que 'ton sceptre est cruel !.... La nature expirante
  N'est qu'un esclave dans tes fers.
Un seul de tes regards met l'Univers en poudre ;
Tu dis au firmament : laisse tomber la foudre ,
  Et la foudre embrase les airs.

  Quelle stérilité fatale !
Triste et funeste objet de malédiction !
Terre , où sont les bienfaits que ta main libérale
  Versait avec profusion ?
Sur ton sol endurci , je cherche avec constance
Ces trésors disparus , ta première abondance ;
  Le besoin me rend ton bourreau.
De tes justes rigueurs déplorable victime ,
Je déchire ton sein.... , et pour punir mon crime ,
  Ton sein ne m'offre qu'un tombeau.

  Sorti des gouffres du Ténare ,
Le dragon déchaîné triomphe dans les airs :
L'orgueil , l'ambition , la discorde barbare
  Avec lui sortent des enfers.
Tout est bouleversé sous la céleste voûte ;
Et le soleil surpris ne voit plus sur sa route
  Les climats qu'il vient d'éclairer.
Du globe suspendu l'axe cède et s'incline ,
Et je vois ruisseler au sein de la machine
  Le feu qui doit la dévorer.

J'adore , ô Justice sévère !
L'anathème effrayant auquel tu m'as soumis ;
Hélas ! fils malheureux d'un trop coupable père ,
    L'espoir à peine m'est permis....
Mais quel pouvoir divin , me rendant l'innocence ,
Dans mon cœur éperdu ranime l'espérance ?
    C'est la voix de mon créateur :
« Mortels , quand vos forfaits combleront la mesure ,
« Mon bras fera jaillir sur toute la nature
    « Le sang d'un Dieu libérateur. »

www.ingramcontent.com/pod-product-compliance
Lightning Source LLC
Chambersburg PA
CBHW060807180626
46818CB00002B/735